傾ぐ系統樹

南川隆雄

思潮社

傾ぐ系統樹

南川隆雄

目次

＊

＊

装幀＝思潮社編集部

傾ぐ系統樹

鳥の追憶

ひとりになりたい
という別れのことばに詐りはなかったが
最期の刻から逆算すると
あなたはまだこの世にいるはずはなかった

午後　ねぐらを見つけあぐねる母鳥に
よこしまな好ましさを覚えながら
苦しまぎれにつよく抱き　締めつけた

脱け殻をさりげなく踏みしだいて
遠ざかる白い夏帽のうしろ姿

うす翅のある背をちらっとみせ
うつしよのものでない香りをのこした

羽根をむしりとると
鳥はおもいのほか痩せていて
台所の灯に大小の創痕をさらした

でもこわいのは野の鳥です
動くものをみさかいなく啄むから
あなたの舌はすずやかにひとの声をまねる

皿の残りものを棄てた通りすがりの廃園は
あやしく生気をとり戻すかにみえる
なに者かが棲みついたのだろうか

夏

それは季節ではなく
夏という処　または人であるのかもしれない

欠けた地図絵皿をぬぐうと　そこをあてにして
いのちつきた蜜蜂がまいおちる
うたたねしすぎた目に
雨粒が先を急ぐひとびとの背中をにじませ
端切れの夏はなお色あせていく

にひたかやまのぼれ　ではじまった禍々しい幻劇
新高山のつぎは次高山

三つめのお山はいつも雪を戴きひとりお澄まし
実物を見ないまま塹壕に送るクレヨン画に
いくど描いたことだったか
でもあの夏　いびつな円錐はぐらり硝煙の海に傾いた

待てば時はまた巡ってくるのか
ひとびとは子孫の姿で蘇るのか
からみあう　きのうとあすの蛇二匹
たくみに尾を隠して環となり球となる
老あるまじろは古風なわが鎧に怯えるばかり

いのちつきる日またおもうだろう　あの夏に
もういちど身をおきたいと

柿

からだの枷をやっと遁れでた人魂のすがたで
熟れた柿があしもとに転げでる
駅西口の市場の通り

なんの兆しでもないだろう
種皮におおわれ　しろい胚乳に添い寝されて
きみの胚芽が透けて見える

葬儀の日きみの胸骨のかけらを黒服にしのばせて
だれもいないきみの家の裏庭にぼくは忍び入った
もう来ることのない所

柿の老木の根方に骨のかけらを埋めた
そしてながながと放尿した
こども時分のがに股のかっこうで

あぶない遊び具の隠し場所はこのあたり
しもやけの手でむいたぶよぶよの柿は
つららよりも冷えていて旨かった
きみのからだから滴る色のない血が
畝のくぼみをながれる

きみが引き連れていったこの世のあれやこれ
死へのおそれを日々剝ぎとっていくものの正体が
すこしずつ影をさらしはじめる

いまここに転げでたものは
明日の残像にすぎない

此岸の眺め

どこに置き忘れたのだったか
幼かった姉の肋から切りだした骨笛は
いつまでも湿りを帯びて鳴りしぶった

蟹鋏形の半島からのぞむ湾のかなたは
伝えきく彼岸の魂祭さながら
あおじろく燃えつづけた　あの未明

ねあんでるたーる人の遺骸は立ちあがり
　まず頭蓋につもる花粉をふり払ったという
その末裔がかまわず墓地をつき進む靴音を

ながれのない溝にひそんで聞いた

大脳皮質に刻んだ原始の街から
排気ガスまみれの枯れ野へと
もれでてくる最期の耳鳴り

日干しれんがを一椀の水の礼にと積みあげて
　鳩の家をつくっていった旅の男も
死ぬまでれんがづくりで身すぎをたてた見内のことを
　語らず去った

つい忘れられた伏せ字？
いや　書き言葉はもとからなかった
おれも湾のそちら側が燃えさかるのを
眺めたよ　と先に逝く男が打ち明ける

らくだ

隠れ家の明かり採りからうかがっていると　人がふたり間をおいて近寄ってくる　と見えたが　じつは身内のらくだの脚だった「湿地は苦手だね　心底ばててしまったよ」青臭い息でらくだはのっけからぼやく　無口が取柄のはずだったが　旅馴れるうちすっかり冗舌になってしまった　引きこもりのわたしとは逆に

沙漠の白砂を敷きつめた床にいぎたなく寝そべるわたしの妄想に操られ　らくだは旅する　この度はもっぱら熱帯の密林にわけ入り　驟雨したたる照葉の重なりを満喫した　柔らかな羊歯を蝸牛ごと食ううち嗜好が

すすみ　毒虫や舌刺す爬虫類　ときには沼に潜って古代魚の鱗まで噛みしめた

おかげで背の瘤に蓄えた放浪記は水にふやけてしまった「隠れ家でなくて地下牢だろう　ここは」「留守のあいだに砂に書きちらしたものを見せてみろ」仕事してきたつもりのらくだの態度はでかい　たしかに怠惰なおつむに書き残したものは砂の層に埋まっているでも外気にさらせば崩れ去る代物ばかり

おしゃべりならくだは様にならない　しばらく休むがいい　わたしは地下牢の片隅に指で描いておいたらくだの素描を砂を撒いてかき消す　らくだのからだも地面に吸われて消える　これでほんとうに独りになれる　代わりに描きたいものはもうなにも思い浮かんでこない　ほんとかな　わたしはじぶんに笑いかける

今際の景色

着替えなくてもいい　そのままで
顔作らなくてもいい　そのままで
目をあげると
　紙粉雪の舞う広場の木椅子に腰をおろしている
ありきたりの景色のなかにいることを
　ふと訝しく感じる
そのうち画面のすみに
続く　という字が浮かび出るのだろう
仕事があるから危篤になったら呼んでくれ
　家人にはもっともらしく言い残すのだが

肉親の今際に間に合ったためしはなく
　こうして広場の木椅子を尻で温めている

おもいかえせば
　その他大勢の端役として遠景をつくっていたのだ
いつの間にか主役の謎解きは終わり死体は立ち去って
　大道具が手抜きの裏側をさらしている

どういう筋書きだったのだろう　この推理劇は
アリバイ工作のからくりは　ほころびは
いまごろ知ってどうする
　みんな次の台本を渡されている
どうかもうお引き取りを
　血色のいい掃除人が肩をたたく
ほら画面のすみに炙りだされてきた
　完　の字のうす笑い

切り株

風に浅くもつれるふた筋のほつれ毛糸
じぶんで望んだ徘徊に倦むころ
手ごろな切り株に行きあたる運のよさ
坐れば背中あわせになってしまうから
切り株を円卓にみたてて
ぼくたちは地べたに腰をおろす

ねえ　約束はもう果たせそうにないよ
ぼくは切りだす
汲んできた沢の水は木目に吸われ
拾いあつめた柴栗は坂を転げおちていく

株に手をまわして触れたむこう側の手は
ひんやりした和毛に被われている
鉤爪の這う掌がここちよく痺れ
紫蘇色の体液をにじませる

日々じぶんをまやかし慰めてきたけれど
悔いる時間はもう底をついた
おもえば舌先の言いわけこそ本心だった
でもそれをひとに明かす術はない

軟らかなところから牙を立ててもらっていいんだ
あちらの世からの逆らえないまなざしに
ほら　ぼくのからだは削れていく崩れていく
食卓から立ちあがるのは
もの言わぬけもののほう

やまいぬ

うす目でうかがっていると
やまいぬの一家は
雪から掘りだしたわたしのからだを
気味わるそうに舐めまわしにかかった

えたいのしれないわたしというかたちが
鞣されていく

ここちよさに抗えず精気をすわれて
きずなのかたい家族の慰みものとなり
野性のひとの群れにいるよりも二倍もながく

わたしは生きのびるだろう
飢餓の非常食に運よくならなければ

わたしはすっかりやまいぬ仕立てとなって
色あい豊かなにおいと灰一色のけしきを
味蕾でむさぼりはじめる

ことばと顔いろなしには互いにうち解けず
ころしあいと辻褄あわせに長け
何かとわたしわたしと言いつのるぬらりとした生物
いまなぜ殖えはびこる

ところかまわずうぬぼれの糞をまき散らす
あやつらの群れに　闇にまぎれてわたしは
うしろめたさの牙をむき
野太く吠えたてる

運河

その題の短詩を投稿誌でもちあげられてから
なにかと寄りつく癖がついてしまった
興がのれば水鳥の脚をゆわえて水面をはしり
両手で魚の胸びれを操って水底を這いもした
ぬれた陰画はそのまま焼きつけず
もっともらしく市場や女たちの話に作りかえて
ひとに見せた

家庭教師をしていた生徒がふたり
飲酒できる歳になって溺れ死んだ
つれづれの冗談が水への過信をうえつけたのだ

あそこでは
不揃いな古煉瓦の水ぎわで
石灰をこねる英兵が渇きをいやし
監視の日本兵がたくあんを洗ったりした
又聞きだが粉飾はない

出入口がないのに密やかな流れは絶えず
食えない月の飲めない潮の満ち干さながら
進化を急く生きものどもを
癒しという甘言で誘って時を掬いとっていく
利他遺伝子などと土かび臭い睦言で
糊口をしのぐ煩わしさはもうはたき落とした
で苦悶の爪痕で彩られた空洞をあちら側へと
着古した普段着で　戻りのないひと潜り

写し

割れたタイル瓦の面を
むかしなくした豚革の鞄を抱えて
　じぶんにそっくりな男が歩いてくる
むこうが実物こちらが模造　とすばやく読んで
　験されるまえに
廃車場にむかうバスに跳び乗る

活け花のあるいなか駅の待合で
　街々の快楽に塗れた靴底をこそぎ落とす
泥だけでなく
水浸しの地べたに積みあげられた鱏さながら

きょうまでの夜々が一枚ずつ剝がされていく
床を汚す靴跡の泥だけでなく
からだも折りたたんで捨てよう
　と実直な見習駅員が塵取りを手にうかがう

写しやその写しは夜勤の机で潤色され
原版が融かされてからも
　あちらの山里こちらの漁村で殖えつづける
来世への絆がそこから綻びるとはおもえないが
このさき古新聞のささえる独房の床下で
　退屈地獄に苛まれることだろう

にせものが食うか　ほんものが食われるか
やさしげに軋る報道の増幅音
切抜きの漂う雨あがりの水たまりに
　つい寄っていく　くたびれた靴よ

家具売場

家電量販店をひやかしたあとは棟続きの家具店に足をのばし　今様のとりどりの家具の売場をさ迷う　高価な飾り棚をわがものにする妄想は心地よく　気に入りの翻訳本を並べ　化石や瀬戸物のがらくたを粋な違い棚に置いていく　すっきり片づいた身の回りを眺めわたして恍惚　展示した椅子や電話台を膝で押しやり花活けや線香立てを蹴とばす　なんとここは折込み広告の墓苑そっくり　というか墓場そのままではないか

豪華な硝子棚には追憶の夜光杯　幼少時の頭骨でこしらえた髑髏杯　ひからびた皮膚の手酌杯を飾ろう　下

段のなんと気のきいた小抽斗　ここには四肢の長い
骨　弓なりの肋骨　ころころした関節の骨　などを選
りわけて形よくおさめる　老い縮んだ頭蓋は二十八個
の部品にばらして番号を付し　染色体さながら大きな
順に綿のうえに並べていく

若いころ分類学博士整理学者と煽てられ煙たがられた
面目の名残　凡てが直角垂直であらねばならぬ墓石街
を　狐火に足もとを照らさせお忍びの視察をする身
分　先走りの小者が物乞いや夜鷹を裏通りに追いや
る　そのままでよいそのままでよい　巷の暮らしのあ
りのままを見たいのだ　あ　あの石を積み上げた崩れ
そうな小山はなんだと問えば　あれは無縁仏のお墓
あ　いいえ　顧客から回収した壊れた家財　出汁をとっ
た残骨でございます　と付け人の応え　まあいいだろ
う　うつし世のぬかるみ遊びはまだまだ先が面白い

川沿いの美術館

さわがしい　鎮魂曲
おしゃべりをやめない　天使たち
順路にそって
そう　順路にそって

さべつとへんけん　の泥はねあげ
しっとむし　の木ぎれを手にして
くろまにょん人の体臭こもる密林にわけいる

おとこもおんなも　おおぎょうに
裸体　という迷彩服をまとって

剣かざす女神像を模写する老絵かきも
ついに下着まで脱ぎすてる
こうすると創造の筆先が昂ぶってくるんだ

疑りぶかい目玉はさらにくぼみ
仮面の仕様は彫りをふかめる

素焼きの赤い月が合成樹脂の川面に映ると
床の下駄の土をたんねんに掃きあつめ
額縁や石膏に　はたきをかけてまわる
ぬかみそくさい小おとこ　あれはなに

洗っても洗っても血腥い赤絨毯に
極東の梅雨の滴り　にじんでいく

青銅や大理石や生身のからだ　の切れ端を積んで
一輪車を押してくる幼児　の顔はみえない
行き倒れを集めてきたよ　にいちゃん
羊のもつ　にとりかえてもらうんだ

周回おくれの方舟人をこそくに追いぬいて
星形の順路をふみはずし
ふみにじる　いっときのさもしい恍惚

遠近法と精妙な陰影が
実像を巧みに歪めぼかしていく

港の景色

起重機を操るゆめに
午後の教室でよく出くわした
あちらは埋め　こちらは掘りおこす
あれは突きおとし　これは高くもちあげる
血まめのたえない手足がはしゃいだ

うちあわせどおりに
大型クレーンが頭上から降りてくる
でも　どうしたことだ着地点がずれる
うかがうと運転手はかすみ目で沖をながめている

校舎の屋上からぬすみ見した
軍港のけしき
炎天をひょろながい蘭人の俘虜たちが
じぶんに似たものをトロッコで運んでいる
あねけアネケ　女の名の掛け声が汗ですべる
皮膚をなめした画布はタールまみれだ

砕けとんだペンシルロケットの発射台
ひと夏の成果のからすの骨格標本
稲穂をとられるばかりのほおじろの仕掛け
飛ぶことにはかまうまいぞ
したり顔の中気の老人が痰をからませ戯ける

クレーンでさばききれず
似たものがまわりに積み重なってくる
どうした運転手は

みれば　おとこは重油の膜から首をだし
深みにむかって抜き手を切っている
底砂から赤毛の腕がでて脚をひっぱる

みえない窪地から空のトロッコが
夢見ごこちにもどってくる

校庭

いっときの思春を玩んだ新制中学は
運のなかった不明者たちを床下に寝かしつけて
ななめにかたむき　ため池で溺れている

だしのできった煮干しのすがたで
反りのあわなかった教頭が
藻にからまれ浮き沈みする
立ち小便の習慣をとがめるのが生きがいだった

あそび場は中庭から裏の廃寺の境内へ
そして彼岸花と卒塔婆を踏みにじりながら

たそがれの墓場へと移っていった

歳をいつわり土方仕事に精をだしていた金明煥
弁当には一面まっ赤な漬けものがのっかっていた
あめりかの殺虫剤を髪にまぶされて肺に吸いこみ
昼食時になると興福順は砂場でひとり遊んでいた

落とし穴にわざとおちて歓心をかう疎開者
罠のめじろは忘れられて飢え死にし
釣り餌のみみずだけがところかまわず殖えた

半島の一進一退を報じる朝刊の一面は
まるでスポーツ記事だった
走馬灯ってなんだ　答辞をけなしてから
終わりのないずる休みがはじまった

しろい道

教科書のない私のために村の上級生の家々を尋ね歩いてくれた人がいた　その人が農家を訪うたびに　かじかむ手に息を吹きかけながら　両側を野草でおおわれた道端で私は待った　わら草履と牛車が踏み固めた乾いた道は　月明かりにしろく光っていた　そしてほのかな線香の香がはなみずのたれる鼻孔に入ってきた

その夜もどると白木の箱が届いていた　こどもは見せてもらえなかったが　親指が一つ綿にくるまって入っていた　教科書をさがし歩いてくれた人の兄のものだった　トラック部隊の二台目を運転していて狙撃され

たそうだ　横死した兵に黙礼して親指を切りとる前線
の光景を私はいくどもおもい浮かべた　そして華北か
ら鴨緑江を渡り朝鮮半島を縦断する長々しい道を頭で
たどった　月明かりに照らされる凍りついた道

いま私はすっかり老いたが　頭頂から足の先までしろ
いものが一すじ走り通うのを　ときたまからだに感じ
る　かまきりを踏みつけたとき背からはみ出す一本の
よく撓るうす黄色い靱帯のように　薬研で砕いても手
を休めればもとにつながる毒芹の反った地下茎のよう
に　見え隠れしてつづく道

かんづめ

いま食べたければじぶんで開けるんだね
さらりと叔母がいう

墓の台石に缶をすえて石で焼け釘をうつ
ちいさな穴ひとつ

楕円の棺のしじまがくずれ
　濁世の吐息が入りこむ幽かな音
穴むかでは砂にまみれて延びていく

泉下は缶のなか　それともそと
釘を梃にわずかなすき間をつくる

ほら覗いてみな　こちらの世の変わりようを

ひそと横たわる数匹のいわし
　骨まで軟らかなふしぎな味
ぜんぶ食っちまうよ
血まみれの指で汁もすくって啜る

墓場からはみ出た墓石が山門前にならぶ
墓穴をあけてももうなにも出てこない
　でも墓に入れなかった人たちが尻の下で仮眠している

あれほどの　うつつが
　いまは真昼の影絵ほどに心許ない
あれはいわしでなく　なにかの生きものの指
腹を空かしたこどもは　じぶんではなく
　会えなかったじぶんのこどもだったか

太陽灯

つゐんくる　つゐんくる　りっとるすたー
はうあいわんだ　ほわっちゅーあ～

うす紫の太陽灯の下で裸になって
この歌を三回うたふとね
からだでビタミンDがつくられて
くる病にならないんだって
なにしろ　おれたち
あすの世のだいじな兵隊さんだから

敵性の歌　まだお咎めゆるいやうだ

青臭いオゾンのにほひに
すっかり慣れて日に一度
つゐんくる　つゐんくる　りっとるすたー

くる病直して　ぎっちょを直して
鉄砲担いで兵隊さんになるんだよー
南洋の自転車部隊に入るんだよー

えうち園に弁当持たせてくれるひと
やせ我慢の頭痛もちの
こんな世においらを産み落としたひと
あんたは　おいらは　一体なんだろね
はうあいわんだ　ほわっちゅーあ～

たえまなく素肌ふるはす　ぶおーん
ぶおーん　太陽灯のうなり声

駅向こう

ながながと貨物列車が踏切をふさぐ
横文字プレートの無蓋車から
　牛豚のせつない鳴きごえ
尿の滴る連結部をまたいで鉄路をぬける

おまえはちっとも背が伸びないな
よこっ腹のあばら骨じぶんで撫でてみろ
　髭生えはじめた従兄がわらう
腹減ってれば　なんだってご馳走
　それで滋養があればいうことなし
連れてってやろう闇市に

湯気にぬれるテント張りの屋台
墓石の水かけに似た柄杓で雑炊をすくう
　犬はぬめり黒っぽい　でも食える
　猫を入れると汁が泡だつ
従兄の陽気さのもとはここだった

二杯目は釜の底をすくってもらう
汁でふやけたキャンプの残飯が胃にしみる
食い終わるや順番待ちのおとなに
　ひきはがされる

こんどはおれが連れてくるのかな
　おれより痩せたやつを
列車は消えたが踏切を無視して
　もどる　くらい街に

大豆

すきまなく兵が尻を下ろし仮眠をとる　有蓋貨車のわら敷きの床で　ひとり眠れなかった　便意が限界にきたのだ　牛や豚が羨ましかった　手だてはほかにない　囁かれた同僚の驚きの顔をあとにして　重い扉を開けて飛び降りた　背の背嚢が土手の草を滑りおち体は宙に浮いて溝に投げ出される　ともかくもしゃがんだ　不消化物とともに液がほとばしり出る　いっときの安堵とその後の苦難　兵一名三日分炒り大豆一升　疲れで歯が浮いてかみ砕けず　そのまま胃腸を通過した

革帯をつよく締め水筒の湯冷ましで喉をしめす　線路沿いの側溝に身を隠し歩きはじめる　土民に見つかればば軍装兵衣を奪われ　体はくりーくの泥に沈む　それはできない　北風に波うつ大陸の草原　汽車はどこかで止まり部隊に追いつけるだろう　そう信じてただ歩いた　汽車よりもなお先の　かなたの海峡の果てが硝煙にかすんだ

壁のなかの蓮の実

漆黒の列車は徐行しただけだった　兵はしだいに速度をもどす貨車からとび降り　偵察の任務につくまえに腰骨をくじいた　農小屋に忍び入って高粱のわらに横たわる　服を撃つな後で剝がして使えるから――そして着せられた支那服の裾をまくり床の割れ目に放尿する　堀割の泥水を飲んでいても湯気だつ液の芳しさ

目のまえの土壁のあちこちにぬり固められた黒い斑点　蓮の実だった　この地では泥炭層からさまざまな時代の古蓮の実が出土し　村びとのおやつになる　実生には淡黄の子葉が詰まり芯にもえぎ衣の蓮女がひそ

と佇む　泥に千年埋まっても水を吸えば目ざめる胚芽　その殻に潜りこんで生き長らえる狡智をめぐらす

壁の実をほじくりだし口にふくむ　とおい世の生気が溶けでてうっすら甘苦い　ぬけた穴から外をうかがえば生きものの気配はかき消え　劫火のあとなお風化する砂礫が無間にひろがる　ここは冥府のお白州か　それとも干あがった賽の河原か　普蘭店とは作戦上の仮の地名だが　穴の向こうにひとの世の息づかいはない

夜を待って兵は農小屋から這いでる　天乙女の影を宿すつぶれた楕円の月　村びとに狙撃され泥炭の塹壕に沈んで丸裸にされるか　それとも運よく生還してつぎの命に服するか　疲れが臓腑に折り臥し夜行性の四肢への拘りがうすれていく　便衣のふところに食い残した黒い実ひとつ　さいごの執着心

復員

間借りしている自作農の跡取り息子がふいっと南洋から生還してきた　老父のいうままに兵衣から褌まですべてを脱いで前庭で燃やし　敷居をまたぐまえに虱の卵と虚しい戦歴を清算した　熱い五右エ門風呂に浸かりむかしの浴衣をまとって自らの位牌に手を合わせた

間借りの男はすこしまえに大陸から復員していた　出征した街は空襲で跡形なく　たずね歩いて家族の疎開先にたどりついた　老母は中気で亡くなっていた　蛹臭のしみる元養蚕部屋の板敷きに坐って黙念と日々をやりすごしたが　ときには駅裏の闇市にも出向いた

日焼けした戦闘帽と軍の編上靴は闇市に似合った　男はそこで食用蛙の干物やふすまのパン　中古の大工道具や壊れた自転車を仕入れてきた　廃材で針箱や洗濯板を器用につくり　背嚢から子供の帽子と野球のミットを縫いあげた　兵衣は小川で洗いながら着つづけた　糊口につながる仕事をさがす気配はなかった

家主の息子の発熱は帰って数日後にはじまった　高熱をくり返して発作をおこし小便をもらした　体力を回復できないまま二週間後に身罷った　引揚船でマラリア原虫をもらってきたのだ　老父は縄を左綯いしながら　いっとき仕合わせだったと呟いた　遺体は膝を折ってまるい棺桶に入り縄で吊されて　村の三昧堂で骨になった　珍しい話ではないという囁きが聞こえた

はじめての海

地味な柄で包んだ曲がった腰と鼻緒の藍に染まる素足　風の冷たい晴れた日だった　ばあちゃんが青のりのからまる早い春を掬っている　砂にめりこむ乳母車から首を出して　はじめて見る海

やがて生き別れし死に別れする人々と　もみくちゃになるこの世の渦潮　その縁にばあちゃんがにっこり抱き下ろしてくれる　休みなく繰りかえす吃音に足裏の斜面が次々とはがれ　水ぎわに尻餅をついてしまう

ばあちゃんが指さしていう　むかし男たちが鱶よけに

一丈の白褌を着流して木桶を腰にゆわえ　湾のむこう
へ競って八丁味噌を買いに行った　だけどだれも戻ら
ず　対岸の地のよいことわるいことが噂になった　い
まも同じ名の漁村が両岸にある

舐めてみな　井戸水とはちがう世間の味
やがてここに高射砲台が並び　超低空から艦載機に狙
われて　重油まみれのすり減った下駄や肌色の義足が
散らばった　ばあちゃんの入れ歯も散らばった
透ける緑藻のかなた　水の弧のふくみ笑い

気にいらぬものをまとめて　掃き捨てる水たまり
面倒なじぶんを　さいごに捩じこんでしまう淵
はじめて見たとき　はじめて口に湿したとき
それは　ほの甘い一期を予感させたのだが

乳母車

泥と水たまりに惹かれて幼児は地面に降り
寝汗と小便のしみた籐の乳母車は
　用済みになった
でも腰の曲がったばあちゃんは
　それを手放せなくなっていた
ばあちゃんが把っ手をにぎると
　気脈をつうじる乳母車はどこへでも転がりだす

着るのも惜しんだ晴着をふろしきに包んで
　ばあちゃんは乳母車と西にむかう
町はずれの私鉄のガードをくぐって農村をめぐり

日暮れてからじゃが芋を積みこんで戻ってくる
ぬれた芹の束に平家蛍をひそませて

そして六月某日の未明
勝手知ったガードを乳母車はくぐれなかった
　そこはもう炎に塞がれていた
信玄袋を首にした下駄ばきのばあちゃんに
　焼夷弾の油脂が熱い
窮地をさっした乳母車は向きをかえて橋をわたる

生臭い煙のなかを夜が明けてきた
いったい西はどちら
　無傷のばあちゃんが放心して土手を歩いてくる
鉄の骨組みだけになった乳母車にすがりついて

胆だめし

さんまいとよんだ三昧堂は疎開の村の墓地にある古びた斎場だった　煙ぬきの穴のある六角屋根の下に長ぼそい窪みがうがってあった　六字の名号を大書きした麻布にくるまった新仏は棺桶に膝をまげておさまり左綯いの縄で梯子状の二本棒にくくりつけられて三昧堂に運ばれる　そこで部厚い薪の間に寝かされて手足を伸ばし　炎につつまれる

窪みの灰はすくって堂のそとに捨てるのだが　いつも白いかけらの混じる灰がうっすらと底を覆っていた
堂のまわりの草地には　春先になると累代の亡者の数

ほどにつくしが生え　土手には無縁仏の数ほどにわらびも芽をだした　食いもの不足の時節　子供たちは早い者勝ちにそれらを採り競った　肥えた土をもっこで運びだすじいさんもいた　畑地に客土すると芋や野菜のできがよくなるのだ

梅雨明けの一夜　農家のがき大将が胆だめしを仕切った　畑地のなかの離れ島のような墓地を通って　中心のさんまいの焼き場に置いてある拳大の石をもち帰るのだ　石はがき大将の筆跡のある白い紙で茶巾絞りに包んであるそうだ

この世に思いを遺すたましいは子供を見ると　紺がすりの着物姿の童子になって墓石の間から姿をあらわす　夜露に湿った骨片がいたる所で燐光を燃やす　おれたち下っ端は脅されながら順次送りだされた　がき

大将は白米の握り飯を頬張りながらふんぞりかえる

おれの番がきた　家族には見られたくない情景だ　おれは土橋をわたり　牛蛙の鳴く流れにそって堤防をくだり　右に折れて墓地への農道を一気に進んだ　そしてじぶんの意志とはかかわりなく　勝負球が打者の手許で外角に鋭くそれるように　おれの足は不意に迂回して墓地の外縁を走り去ったのだった　それっきりだった　もはや村にも遊び仲間のなかにも戻らなかった　そして長い年月が過ぎた　がき大将は白い紙に金釘流でなんと書いたのだったかな

野火に揺れる製糖工場

乾季のさとうきびの刈り入れには腰の蕃刀込みで雇われる　背丈に倍する開花前の伸びやかな植物の根元をばっさり斬ると　泡立つ薄緑の血液が錆びた刃を染める　つぎの一振りで甘い汁液は蕃刀の汗になってとび散り　豊かな葉を切り離された茎だけが畝のくぼみに転がる　植物の倒れたあとにあらわれる卵のある鳥の巣と老鳥の乾いた死骸　うろたえる蛇と大とかげ　糞まで甘いいなご　ときには同朋の白い骨　ときには最期の日誌のある手帳

午後の陽が翳ると　かなたの工場の側門から小さな機

関車が姿をみせ　投げ縄状の線路に沿って広い畑を一巡する　人足は蕃刀を腰におさめて二両連結の無蓋貨車のわきを歩き　畝の茎を回収していく　機関車の釜には蒸気を沸かす茎の搾り滓をたえず投げ入れ　まだ赤い灰を掻きだす　カラメルの香の青い煙が畑なかの列車の位置をおしえてくれる

汽車はゆったりと側門に入り　圧搾機の前に茎の山をつくって　もう一方の側門から抜けていく　山なす茎を切り分け圧搾機の穴に投げ入れる　日雇いにできる仕事はここまで　舌刺す煙草をふかしながら無数の甘い細胞の潰れる音を聞く　搾りとられた茎はさらに二基のローラーの間を潜って　水気のない繊維になって出てくる

暗緑の搾り汁はといえば　石灰乳と混じり合って濁り

を増すが　加熱されながら工場の裏手を一巡り　一転
透明な液になって戻ってくる　濃縮され減圧の結晶筒
に入ると褐色の液のなかにきらり光るものがあらわれ
る　遠心分離器からなだれ落ち　円錐形に降り重なる
赤みを帯びた結晶　硝子越しのあやしい無人の工程

外ははや黄昏どき　小さな機関車がまき散らした熱い
灰のせいか　畑のそこここが煙っている　老鳥の乾い
た死骸に巣の卵　逃げ場なくした蛇と犬とかげ　糞ま
で甘いいなごの群れ　ときに白い骨　ときに最期の日
誌のある手帳　日雇いが着忘れた赤シャツ　畝のくぼ
みの糞便　どれもこれもが地面を覆うさとうきびの緑
葉とともに燃え燻る原風景　舌刺す煙草をもう一服
よじれた日当を握って村へと帰る　製糖工場が中世の
砦の影絵になり　野火のかなたにぼやけていく

*

るりしじみ

翅をとじてひと息つく
　十四階の物干場のらんたなの鉢
るりしじみ　でいいのかな
わざわざここまで上がってきて
　おまえ　なにをそんなに思わせぶりな

うす紫の勝負色と裏地の灰色を交互にみせて
　いくども手摺りの内外を行き来する
すばやく中空に浮かび　ゆっくり戻ってくる
　うなじからはがれそうな　かさぶたみたいに

おまえたちのおなかまは
卵から孵ると無垢な幼虫のすがたで土に降り
　表皮にあまい液をにじませる
すると蟻どもが寄ってきて巣穴にむかえ入れる
　そうだったよな
幼虫は蟻の子や卵をあたえられ
　かわりにあまい液を分泌させながら蛹になって
ぬくぬくと越冬する

でももっとぬくぬく数えきれない冬をやり過ごしてきた　あんたは
　と真顔で見つめるのはやめてくれ
いまは秋も末　さらなる春はもうない
そう　おたがいにね　だから誘ってくれているのか
　連れだって手摺りの外へ ふんわりと
ひとおもいに　ふんわりと

里山歩き

首のうしろに
姿を消して久しい叔母の気配がして
　耳たぶに触れ　行き先をおしえてくれる
ひとに見られないこんな日が
　年に一度はあってもいい

うす黄色の柿の花咲く人里のそぞろ歩き
遊び友だちはわたしをおいてきぼりにして逝き
　切りとった臓器の穴を湿っぽい風が通りぬける
活けたおにあざみが肋骨の飾り棚でゆれ
　つよがりの胸膜をちくちく刺してくる

代用煙草のさるとりいばらに　つい手がのびる
ねえ　そんなの集めたって兄さんは戻ってこないよ
ふりむくと遠く湾の岸辺がきらり　せつなげに手招く
ここからは長い下り坂に見えるが
じつは目の錯覚を利用した　うんざりする上り坂

この子お腹空かしてもう歩けないというんです
なにか食べるものを――
苫屋の庭で麦殻にまみれる農婦に声がかかる
わたしは大きな冷えたお仏飯にありつく
たのしかったよ
首のうしろの声の主の気配がきえる

春落葉はなま温かく堆肥になり
踏み重なる足紋を押し返してくる

かたむく樹

ことば　という錆色の朽ち葉が
用をとかれ　とめどなく降りそそぐ
かたちよく剪定されたいのちの樹

幹に耳をあてると遠い木霊がきこえる
それはとり落とした仮面のもらす呻きか
末期の水を乞い消えかかる不整な脈か

ひとりよがりの自分史の歯を研ぎ
おのれの乗っている枝に鋸をたてる
おとし話ではないよ

と落っこちながらおもわず苦笑い

切りとられた臓器のあき地に
はや芽ばえてくる別のいきものの生温かい息
肋骨痕に足をかけて逆上がりすると
まつわりつく知恵の裾に冬ぞらが眩しい

足もとにつもる悔いのおが屑
殖えすぎた野山のけものを駆除したように
ひともまた駆除される　なに者かに
というか　じぶんじしんに

空洞を孕んだいのちの系統樹は
逆らいようのない節理で
むなしく気負い　傾いていく
あすの午後にでも

あおぞら

のいばらをかるく揺さぶるだけで
棘が切創をつくりそう
ながめるのがこわいほどに張りつめた青
雲が天才ならば空はその継母か

いま腕を伸ばせば綻びはめくれあがり
きんだんの奥の間が透けてしまう
そこはみどりの星々が息をひそめる常夜のくに
それとも序列に縛られる天の楽土

日曜日の殺生のむくいか

いつまでもからだに染みる川魚のにおい
瑠璃でなければ lapis lazuli
口さがない　ひゅーまのいど　は
電池の浪費にむとんちゃくだ

無垢の所作を無人機にあやしまれながら
二日つづきの草むしり
みえっぱりの空との冷戦だ
おぞんと葉緑素の青くささが甘苦しい

なかぞらを北さして滑っていく折り鶴
尾と首の折りかたが逆だって？
めまいのするほどの青　だねと
あんどろいど　が　がいのいど　に
指をからませる

街なかの寺

燃え落ちた山門の前でためらっていると　境内からだ
れかが手招きしている　ご住職のようだ　すっかり焼
けて汚れてしまったよ　もう回廊をとび回っても本堂
で逆立ちしてもいいんだよ　と言ってくれている

ならばと　わたしは本堂の床下にもぐりこむ　しろく
乾いた砂が倒れ込むわたしをふんわり受けとめる　蟻
地獄の巣をさがしだして　砂をかけて埋めてやり　新
しい擂り鉢ができあがるのを眺める　蟻をつまんで入
れると　あきない見せものがはじまる

床上のご本尊の裏の小座敷でひとの気配がする　わかっている　祖父母四ったりに　いまは両親が加わっている　そろそろあの子の席もつくっておかないと　とでも言っているのかな　立ち寄ったご住職の声だけがよく聞こえる　あの日留守していたので経本も過去帳もすべて失いました　母がご本尊をお抱きして逃げましたが腕の片方がなくなりました

蟻地獄の巣に乱暴に砂をかけ　丸刈り頭まで砂にまみれてわたしは床下を這いでる　八つ手の葉をかざし踊っていた知恵遅れの子や　いじめられても居着いていた大きな梟はどこへいったのだろう　過去帳を記憶に収めていたはずのご住職の姿もない
振り返らないのがよい　わたしは低い石段だけが残る山門をさり気なく離れる

花野

もう弾は飛んできやしませんよ
やさしく咎めることが生きがいのひとがいう

目をこすって狡智の窪地からうかがうと
いたるところに横たわる血糊で重いひとの影を
稲妻が露わにする
ほら　よく目を凝らすのです　一面の花野ですよ
さり気ない甘言を身につけたひとがいう

うろつくそのいきものを　まわりくどく
死にまね擬態　とでもいえばいいいか

被災者にまぎれてわが影を消そうとしたが
喩えに喩えをかさねて世捨人に象った横顔を
地底からの照明弾が照らしだす

死にきれず悶える透けた蛇腹　と見るのは勝手だが
あれは用済みの錆びた鉄条網
望めばいつでも抜けでられる粗い網目には
まだなにかしら仕掛けがありそうだ

死にまね擬態は嘘寝もできる
ふんわり温かい戦没者墓苑の芝生
半開きの目にひろがる一面の花野
そこを手もち電話を耳に一輪車の少年がちかづく
この世からひきはがしたい影がこんなところにも
と通話の声がつつ抜ける

氷柱

ここの夏は馬来の密林よりもひどい　くそ
湿気にかすむ炒り卵状の四つ辻のながれを
　要領よくぬけでて
おとこが回転扉に入ってくる
目ざとく歩みよるのは広間中央の氷柱
そして疑り深げに表情をかたくする
気泡で隠れているがおれには見える
　氷の芯でうす笑いを浮かべる裸んぼう
若いころのおれではないか
　へこんだ胸に短い脚
ものほしげな上目に卑屈な口もと

なぜこんな所に閉じこもっている
食費稼ぎの時間仕事か
浅黒いからだはやがて
　氷がとけて台座から転がりおちる
とりすましたひとさまの面前で
失神した貧弱なからだを
　受け止めるのもこのおれか
この歳になってなんでひと前でびしょ濡れに
おとこはもどかしく回転扉をくぐりぬけ
　ひとごみに消える

湿気にかすむ炒り卵状の四つ辻のながれを
　そつなくぬけでて
つぎのおとこが回転扉に入ってくる

まいねずみ

横なぐりの血腥い夕陽　汗にまじって皮膚から沁む熱帯林の藍藻のにおい　場違いな空港の待合室で心待ちにするのは　ひとというよりも　にほんのたばこと雑誌だった　キューバ危機のなりゆきも知りたい

むかいの席の小柄な婦人が足先だけでタップを踏んでいる　優待室よりもここのほうが退屈しないよね　そう付け人にささやいているようす　黒地でまとめた帽子と支那服と踵の高いちいさな靴が　無数の斑猫を埋めこんだように光っている　とりわけ靴はくろがね色に輝き　折りたたまれた足のせいで異様に甲高　辛亥

革命からまだ五十年とは過ぎていない

婦人は涼やかに立ちあがる　手もちの籠から真白いはつかねずみを掬い床に放つ　かたつむり管異常を珍重された近親交配の末裔は　倒れまいと自らの尾を追ってワルツを踊りだす　くるくる　くるくる　そして血色の光におびえて　舞いながららせんを描き　斑猫の輝く靴のあいだに戻ろうとする　婦人はタップを踏みつつほほえむ　かわいい子　とでも言っているのかくったくない横顔はうつし世とは縁遠い

気づけば纏足の婦人の一行は消えている　忘れていたあひるの玉子と揚げバナナの間食に手をつける　待ち人を見過ごしてしまったようだ

偽扉の街

ながれ者のあいだでそれとなく噂のある街　そこにふっと迷い込んでいた　いつにも増してたわいなく穏やかな数日だった　たとえば食堂に入ろうとする　すると遠目に見た扉は壁に描いた絵なんだ　おどろいてみせると　向こうも商売　ほんとうの扉を開けてくれる

にせものほど　ほんものすぎる表情をつくる　だから手なれた絵かきは完璧からずらして扉を描く　金具を緩めて垂れさげる　塗装をそれとなく剝がし締まりわるく板を浮かす　握りのまわりを手垢で汚す　犬の小便の跡をつける　そしてこの扉の向こうにこそあの世

に降りる石段があるのだと　気のふれた話をする

絵かきでなくても誰もが自宅にペンキ絵を描く　通り
を見おろす二階の窓の絵　その隣の絵のようなほんと
うの窓の景色　差入口のない郵便受けの絵と口の三つ
あるほんものの郵便受け　客ともども騙し騙されはし
ゃぐ　にせ絵で攪乱するのはじつは別のもっとだいじ
な秘密から眼をそらせるため　とよそ者は勘ぐる

でも三日もすれば飽きがきて　街外れのカフェで手も
ちぶさたの時間をすごすことになる　卓上のこぼれた
ミルクの絵　そして食卓の絵から垂れるほんとうのミ
ルク　率直すぎてもう興ざめ　裏口の扉を抜け出る
するとどうだろう　ふつうの街並に戻っていた　ふり
返るとただの板塀がつづくばかり

ばあさまの味

七輪の土鍋のふたをとると
得体のしれない賽の目切りがことこと
骨まで軟らかくなっている
滋養があればなんだっていいの
あの世から手伝いにきたばあさま
すこし間をはずして顔をくずす
むかしのむかしのおふくろの味
夜食の残りをあるまいと弁当にのせて
ふたで隠して教室でつついた
焼け出されを冷やかされて
泣きながらとんぼを手でちぎった

白蓮のしおれ花をまとめてざっくり
はがれたあかぎれの膏薬もみじん切り
べっ甲色の火吹き竹でもうひと吹き
なにかの目玉が煮くずれから這いだして
しっかりこちらを見かえしている
もとはみんな知り合いだった
煮たり煮られたり食ったり食われたり
焼香くさい木の芽をしわくちゃの手でもんで
成仏しなとふりかける
血の池ならぬ出っ腹でしずむ寝床
針の山ならぬやけ食いのひとり部屋
地獄も浄土も終わりがないからこわい
でもいろんな所に遊びに出られる
こんなふうにね　ばあさまは
けむい煙のなかでくの一みたいに
ほっこりほほ笑み姿をくらます

夜行列車

おもい脛を田の畔にあげて　吸いつく柔らかなものを
こそぎとると　宵のうす闇にその環形の生きものは
かぼそい燐光をにじませる
誘蛾灯の並木に明かりがともった　きょうは　どんな
夜になるのだろう

南北の十字星に両端をかけ　おおきな縄跳びのなわが
揺れる　すると　その天界の首飾りが村の田なかの停
車場にひっかかり　なんと列車が臨時停車した
烏瓜の電灯がならぶ客室　人形の動きをする乗客は
夜露に濡れそぼっている

長旅を慰める豪華な名画全集が窓上の本棚にならぶ
が　評判のこわい隠し絵の別巻はどこかにまぎれて見
あたらない

おれと同い年かな　ふたりの品よい洋風の　黒の長靴
下に半ズボンの少年が窓の外をのぞく　遊び傷のない
静脈の透ける顔　抑揚のない唇がうごく
わきに立てかけたのは　提琴というのだろうか　ひと
の呻き声をまねるという楽器　音色を聴いたことはな
いけれど

むかいの元灯台守の男が紙箱をあけて　捕まえて押し
葉にした夜鷹と鶫を少年にすすめる
なんて芳ばしい　舶来のお菓子のようだ　でも生乾き
の脚が嚙みきれない

青りんごの香がながれ　鉛硝子の笛が鳴る　発車の合図だ
天の川の穴ぼこに気をつけろよ
石炭袋はさいごの楽しみにとっておくんだ　と猫駅長

においのない硫黄の炎　やさしい狐火　冬場は雪女になる女将の煙管の火　そしておれの脛の血を吸った生きものの　泥まみれの燐光
二度と同じ線路を走らない夜行列車の尾灯が　駄々をこねて揺れ　にじんでいく

土葬の丘

路地うらで燃えつきる
　ちぎりえの手花火
水たまりに映る　えそらごと

まずしい陰膳のふかし諸をかすめて
　ときに丘にのぼった
むこう斜面に盛り土がつらなり
肩の糸くずほどの昼の半月
二月よりも寒かった三月

体温のある御影石に寝そべると

石刃でうろこを刮ぎとられる
　魚でもないのに
砕いた硝子の花粉をまぶされて

関節をばらした骨片をもりあげ
　一輪車を押してきたのはまたも顔のみえない幼子
この車はおれのもんだよ　にいちゃん
　混んできたから古いのを捨てに行くんだ

眼の下には
焼け野原から生きかえった港まち
生えひろがる毛細管が長屋の群れをひきずって
　丘をうかがっている
背中を波のやすりに削られながら
待たせたね　すきまができた

腰をかがめて坐りなよ　にいちゃん
孕んだ虻どもが待ちきれず
　眼と口もとに群がってくる

厭いてきた
　おしつけがましい星座のかんさつ
　つくりばなしの貼り絵日記
気晴らしに上がってきたけれど
　もう戻らなくてもいいんだ
暗くなったら黄燐もやして遊ぼうか

あとがき

この詩集には先の『爆ぜる脳漿 燻る果実』以後の作から三十七篇を選んだ。詩誌などに出す機会のなかった詩もかなり含まれる。冗長を避けるように心がけたせいか、短めのものが多くなった。

言いわけじみるが、わたしは同世代の人々と較べても、戦中戦後への拘りがいささかあり、詩にしても幾篇かにひとつは、つい当時の記憶や見聞を詩材にしてしまう。直接の詩材になっていなくても、何かしら詩想の奥にそれが横たわっている。「真の人生」にいちばん近いものはたぶん幼年時代である、と言ったのはアンドレ・ブルトンだが、幼少年時が戦中戦後であったという巡り合わせは、じぶんなりの掛け替えのない体験ではないかと思い、できればそれらを書き残しておきたいと前向きの心持ちにもなっている。隣る世への揚幕にしだいに近づいてきていることでもあるし。

作者の大した労苦の裏づけもなしに、拙詩が幸運にも詩集の形をとるまでには、少なからぬ方々に親身のご尽力を、そしてお教えや励ましをたまわっている。衷心より深謝申しあげたい。

著者

南川隆雄（みなみかわ・たかお）

一九三七年三重県四日市市生。詩集『幻影林』（一九七八）、『けやき日誌』（二〇〇〇）、『花粉の憂鬱』（〇一）、『七重行樹』（〇五）、『火喰鳥との遭遇』（〇七）、『此岸の男』（一〇）、『爆ぜる脳漿 燻る果実』（一三）。連詩集『気づくと沼地に』（共著、〇八）、『台所で聞くドアフォン』（同、〇九）、『さらばおとぎの国』（同、一二）。エッセイ集『植物の逆襲』（〇〇）、『昆虫こわい』（〇五）、『他感作用』（〇八）。詩論『詩誌「新詩人」の軌跡と戦後現代詩』（一一）。主な所属詩誌「新詩人」（一九五三－九四）、「回游」（二〇〇〇－現在、編集発行）。

現住所　〒二五二－〇三〇二　神奈川県相模原市南区上鶴間五－六－五－四〇六

傾ぐ系統樹

著者
南川　隆雄
発行者
小田久郎
発行所
株式会社思潮社
〒一六二―〇八四二　東京都新宿区市谷砂土原町三―十五
電話〇三（三二六七）八一五三（営業）・八一四一（編集）
ＦＡＸ〇三（三二六七）八一四二
印刷
三報社印刷株式会社
製本
誠製本株式会社
発行日
二〇一五年八月三十一日